KB268596

우리 시대 현대시조 100인선 49

배중손 생각

김 종

태학사

우리 시대 현대시조 100인선   49

배중손 생각

초판 인쇄 2000년 12월 28일 • 초판 발행 2001년 1월 1일 • 지은이
김종 • 펴낸이 지현구 • 펴낸곳 태학사 • 주소 서울시 서초구 서초2
동 1357−42 • 전화 (02) 584−1740 (代) • 팩스 (02) 584−1730 • e-mail
thaehak4@chollian.net • http://www.thaehak4.com • 등록 제22−1455호

ISBN   89-7626-620-X   04810 • ISBN   89-7626-507-6   (세트)

ⓒ 김종, 2001
값 5,000 원

☞ 저자와 협의하에 인지를 생략합니다.
☞ 파본은 구입한 곳이나 본사에서 바꾸어 드립니다.

백두산 천지에서 아내 정경희와 함께

〈광주문학상〉 시상식을 마치고(1996) (왼쪽부터 동화작가 정대연, 시조시인 박노경, 필자, 소설가 박양호, 시인 송수권)

일본 교또 상국사 묘지. 이곳에서 정지용 시인이 「향수」를 써서 인상주의 비평가 김환태에게 읽어주었다.(1990)

제자들과 함께 지리산 정상에서

차례

제1부 부러진 은유

제2부 산 하나의 노두봉

제3부 먼 나라를 생각함

제4부 내 유년의 햇살

제1부 부러진 은유

배중손* 생각

1

지체없이 달려온 인간사 그 어디쯤에
산처럼 지켜선 역사가 산맥 하나쯤 가꿀 만한데
우뚝한 방파제 허리만 뜨건 살을 허물었거니

2

예감마저 목이 말라 하늘 난간에 걸리고
비 내리는 산골짜기엔 악연(惡緣) 같던 개울물 소리
보기도 아스라한 불빛이 보살인 듯 다가올까

3

달맞이꽃 이파리마다 천년 꿈을 떨쳐보면
젖어 내린 가슴이 한점 슬픔에 싸이더라만
그적지 등돌린 청산이 우레 안고 누워있다

4

눈감아도 간곡하여 천만리 떠도는 구름
다가가 일으킨 절벽은 하늘 밖에 버려두고

지워도 돋아난 세월을 벌목(伐木)으로 배 띄운다

5

제 얼굴 들여다보듯 심지 하나 밝혀두고
얼 비치어 꽃술에 담긴 회군(回軍)하던 그 역사가
실타래 풀리듯 풀리듯 그 어디로 흘러왔나

6

이제는 선지피 더운 눈을 감고 바라보라
저녁 무렵 돋은 별빛이 군지기미로 내릴 때쯤
배중손 등 굽은 이야기가 미련처럼 타오른다.

* 배중손(裵仲孫) : 고려 삼별초의 대장군

소리꾼

막혔다가 터질 거라면 천둥처럼 울어야지
앞산 뒷산 푸른 넋이 고향 가듯 장강(長江)인데
소리도 속잎 피는가 신록 되어 우거진다

쏟아놓고 바라보리라 이내 핏줄 비 맞는다
가난처럼 깊은 열반이 참대만큼 커 보인다
이승은 천길 저 멀리 방언(方言) 같은 전율인데

굽이 굽이 하늘에 닿아 광기(狂氣)만큼 찬란하다
종양(腫瘍)은 막을 수 없는 실가지로 치밀어서
보 터진 새물을 타고 자유 그것 어족(魚族)이구나.

땅찔레에 대하여

1

남루(襤褸)를 익히고도 그대는 엄청난 뚝심
총명한 지상의 기억이 한낮에 녹아들고
통통한 이야기의 기둥을 하늘 향해 세웠대

2

그대 푸른 오기가 생가시로 눈떴거늘
등 기댄 어둠마저 신경 먼저 뜨거워져
목숨이 지상 한철에 불빛처럼 밝았네.

물저장 나무소식

1

한강 낙동강 금강 섬진강 영산강 수계(水系) 주변
이름하여 굴참·갈참·자작·고로쇠 나무 등
물저장 능력이 뛰어난 나무가 대대적으로 심어진다?

2

산림청의 기발한 발상이 삼천리에 퍼져서
숲을 통해 깨끗한 물이 공급될 수 있다니
뛰어난 수종개량 덕에 물 전쟁은 끝났대

3

지금까지 숲의 구조는 단순림 위주였다지
수원 보유기능을 복층림으로 바꾸면
이제는 수질오염 따위야 먼 나라 전설이라?

4

5대강 수계에 치산 사업이 집행되고
산림의 물저장 능력이 몰라보게 높아져서

소양강 10배의 댐물이 일도없이 담긴다지

5

지나온 과거를 들어 틀린 속을 말하자면
아흔아홉 지옥 같은 이 나라의 식수 사정이
기왕에 버텨온 세월보다 요순시대라 이건가.

시조에게 고함 · 1

1

메치니 코프, 사람 이름이 음료수가 된 시대에
우리 또한 김삿갓을 소줏잔에 담아냈다
수비와 팀플레이에서 한 수 위인 보해양조가

2

고객감동 서비스에선 아트비전 골드가 으뜸?
앞선 생활을 선도한다는 대화아파트 나리께서
선심 겸 잔여세대 분양을 호소하고 있은 즉

3

자존심을 튀겨보니 단백질과 칼슘뿐
영양상태가 고른 차세대의 입맛을 찾아
정력이 넘치는 시조란 다음 세대에도 기대난(難)?

시조에게 고함 · 2

1

비싼 물값 땜에 정부를 욕했더니
웃기는 이 나라는 짜장면이 주인이래
이같이 비쌀 이유가 없는 물을 두고 다투었음

2

쉽고 재미있는 설명 한마디 없음에도
까다롭게 철저하게 속이는 요즘 사람들
손쉬운 하산(下山)길에도 물 안 사먹을 수 있었나

3

물과 기름을 전(前)대통령과 현대통령에 비유함?
이유는 이들 두 사람이 항시 애국자이기 땜에
더 이상 궁금해 마시라 한 속이 될 때가 있다

4

쌀값이나 기름 값이 물값에 밀리는 시대
잽싼 돌격명령도 시조만은 피해 갈 것임

시조의 흠매거진이 넘치듯이 그리우이.

부러진 은유

벌죽이는 아가미와 혓바늘 돋친 은유

요약된 생애와
버려지는 바늘 한 토막

고비를 수직에 세우고 비탈을 적시는 비

젖어서 울고플 땐
동서남북이 가득하고

가슴앓이에 귀가 열린
바람 한 자락 담아왔다

부러진 은유의 파란만장을 눈물겹게 깁는다며

팔자 좋은 세월에
키를 늘인 갈대숲

가늘고 약한 허리가
필요 이상 꼿꼿하나니

뼛속에 막연한 그 무엇만 짙푸르게 깊었다.

다랑치논 이미지

손살새 가득 바람뿐인 산자락
다랑치논이 모여사는
산골짜기를 가보았다
다랑치 논마지기들이
형이하학을 꿈꾸는 곳

이야기가 들리는 듯
도란거리는 저 표정들
귀기울여 탐색하나니
눈빛 또한 마주하고
인간의 간절한 정분이
관능너머 숨쉬네

기울어져 굽이져도
넘나들기 좋은 도랑
눈 들어 받친 세월이
돌올한 산봉임에
가슴이 작은 산들만

어깨동무로 서 있다.

별곡*

떠도는 체험들이 매한가지 침묵임에
등(燈)마다 숙명이 된 아픔만 켜져있어
그 불빛, 사무친 애착이 가닥없이 섥힌다

골 고올 어디에나 살기 위해 모여서
긍지 높은 시간이 터 잡고 앉은 동혈
흘어진 사태 아래서 정말 이제 시작인가

야반(夜半)까지 가득했던 체념의 발끝마다
어색하지 않게 돌이 되어 눈을 뜨고
빈 저택, 회랑을 흔들던 기침소리 같은 묵시

꽃게처럼 들여다 본 좁혀진 명암이어
조락(凋落)을 내려서면 매한가지 상채긴데
덧없는 이슬 몇 방울의 증거로 고여서야

막힌 곳을 보지 못한 타인처럼 낯선 시간
가장 어둔 커텐을 조심스레 열고 보면

24

층층한 가슴 가슴을 비밀하게 흐르는 강(江)!

* 장시조 「이민사(移民史)」에서

이 산하*

솜옷처럼 누빈 물물 열두 굽이 굽이마다
굽돌아 살을 밝힌 비바람의 날갤 타고
천지간 핏줄에 몰린 힘 감싸도는 제방인가

앙상히 떠내리는 눈물이 관류하여
산다는 일이 힘겨운 허물을 따뜻하게 덮어주는 일일 때
분명 둘 아닌 하나를 이루어 틈틈이 잎을 여는 신(神)의
눈빛같은 꽃송이들. 저녁 무렵 맴을 이루어 짙은 피울음
같은 쌩연기에 지핀 아픈 가난, 제 모습 드러난 대로 인정
은 천갈래 만갈래 빛밝은 물굽이 거기 그 오만한 기운을
털고 슬기롭고 특특하게 성큼 다가선 산령(山嶺). 갈망이
눈뜬 불씨를, 맨발이 달려온 만세소리 같은 강바닥이 보일
때까지 넘치는 사랑과 땀이 진한 이마로 꿈꾸듯이 다가오
는 순행의 빛이여. 벅찬 시를 뭉클히 박아쓸 눈동자 총명
에 젖어 섭리처럼 태동하는 거

그 때엔 열릴 걸, 해일도 비껴선 채
자누울 터를 닦아 떠오르는 무지개

개화는 참숯 같은 진실 깨치누나 숙명을.

* 장시조 「귀환(歸還)」 중에서

박타령[*]

1

저기 저 반짝이는 기나긴 동쪽 산맥의 끝간 데쯤

형제는 오륜(五倫)의 정치(精緻)에 든다고 태양 같은 꽃
술 틔어 착하게 착하게만 자지러진,

그리하여 강물처럼 흘러가는 일이 있었는데

이상한 고담(古談) 하나 없겠느냐, 펼치어 보이리라

첫잠을 자고 나면 우쭐대는 꿈을 꿨기

천길 만길 깊은 골에 쌍무지개 걸리는 상서로운 조짐을
내 어이 마다한고, 색깔도 소리도 없이 갈라지는 이내 운
명의 불협화한 쪼각 쪼각의 곤두박질이여, 부제(不悌)한
안개속을 기웃거릴 새도 없이 '술 잘먹고, 욕 잘하고, 애태
우고, 싸움 잘하고, 초상난데 춤추기, 불난데 부채질하기,
해산한데 개잡기, 장에 가면 억매(抑買) 흥정, 우는 아이
똥먹이기, 무죄한 놈 뺨치기와 빚값에 계집 빼앗기……'

뒤틀린 심사를 짐지지 못하여 부지정처(不知定處) 흐르
는 구름아

어디메냐 보이잖는 둥덕쿵 춤을 추고
물결로 재우치는 이 긴긴 맹목의 끝에 서서
핏속에 스미는 인연을 내 어이 마다하나, 가시돋친 현
기만 여름밤 별무리처럼 무성하나니

터무니없는 것은 부조리한 아침이야
지우면 돋아나는 이내 분별의 핏줄 끝까지 주검이야
소모된 바람이 되분다고 돌과 옥(玉)이 하나랴

세간 전답(田畓) 층층시하 참고 산 보람 멀리
흘려논 팔자라도 허리 굽혀 줍고프다
발목이 찾아간 곳 어디든 삼공육경(三公六卿) 솟아나나

잠깬 자의 기지개도 햇살 앞엔 눈부시다
후리친 밥주걱에 천하게 매달린 밥알만도 못한 신세라
수숫대 반못이 그저 남았네, 누우면 발이 삐져나고 안
방에서 별을 헤는, 굽도리 살미살창 바리받침, 내외분합
툇마루……

모두 다 후리다듬어 하나로 삐걱이는 것

허리에는 부귀공명 목구멍은 청천한운(靑天寒雲)
더운 짐 나는 형님은 시퍼런 날을 세워 서러운 타관정
을 운명처럼 찍어주셔서
쓸쓸한 그리고 치운 동지섣달 넘어가는 몹쓸 놈의 거둥
한번 악착하구나

2
크고 작은 해와 달 일어서면 머리 닿는 하늘
떠돌다 지친 사람은, 힘 안들이고 기침 쏟아내는 법을
알아도
가슴과 가슴이 거짓과 거짓이 알짜 사랑과 진짜 사랑이
어우른 적 있었더냐
치뜨고 하늘을 보면 하릴없이 힘없이 쉴새 없이 살아도
그만 죽어도 그만인 인생에게 둥지틀고 찾아온 것 있었겠
다

감사한 말을 어찌 이대로 다 사뢰리
화끈한 정신이야 어찌 끝까지 감싸리
봄이 오면 얼씨구나 새 기분 닦아내는 바람 몇 줄기 없
던 갑다
물어다 던져둔 박씨 금세 금세 입가에 미소에 행복에
홍부의 고른 숨결에
키 작은 넝쿨로 자라 쑥쑥 잘도 뻗어나가네

열린 것은 열린 대로 타논 것은 타논 대로
순응하고 잘도 살아온 이내 세상, 서로서로 품을 팔고
얻어먹기 이력이 난 이 질기디 질긴 목줄 구환, 지닌 것
좀 있다고 귓볼에다 속삭이고 찰삭이고, 나직히 흘러가는
아아 이 엄청난 산다는 일의 모순 덩어리. 빛나는 것, 쏟
아지는 것, 쌓이는 것, 하늘을 덮고 비로소 흘러가는 산맥
같은 청춘의 그 별자리 반짝이네 반짝이네
아이고 좋아라, 폭싹 땅이라도 꺼져버려라.
확실하구나 확실하구·나 무수한 인간세상의 선언(宣言)
들이 확실하구나.

어디서 흘러왔는지 넘쳐나는 감람나무 향기같이 확실하
구나
노래나 한 곡조 흥얼이며 바다에라도 나가 빠져 죽고
말리라

강남(江南)이 울너메냐, 오후의 겨드랑이엔 공복 모르는
욕심이 썩는다
이 다정한 욕심이 가난한 우리네 풍경만 하던가
세상 인심은 어지럼병이 지랄병이 되고 하찮은 외껍닥
에도 속상하지 않던가베
보고도 잘못 먹은 떡은 반드시 뒷날 칼날이나 창끝이
되어 줄지니

늦골 새로 열린 담천(曇天) 진정 용기가 있었거늘
물오리 곱게 가른 물결만 없었어도
사랑은 꼬시롬한 재롱이라 굽이쳐만 올 것인데

허탈 뒤에 남은 것은 절망보단 미더우나

완성이 빠개지면서 약속은 험한 구름처럼 몰려오네
　말 말어, 말도 하지마, 소탄(消炭)은 짜개지며 이 궁리
저 궁리에 빠져든 한 무데기 다박솔로 자라나
　주인아, 비켜라 주인아, 걸걸치지 않아도 비켜라 비켜라.

3
　하늘이 내려앉으면 금방이라도 날아와 꽂히는 예언
　못 견딘다 못 견딘다 좀이 쑤셔 견딜 수 있나
　저 미운 어둠 끝의 하늘이 홑치마 속의 정열이더냐

　뒤보면 일렁이고 또 봐도 일렁여 아이고 걸씬거려 죽겠
구나
　문제는 천년 말없는 바위도 까딱없는데
　그믐밤 쏘내기로 쓸어다가 아이처럼 거듭날까

　부대낄 생각을 하면 그만 타고 싶다마는
　슬근슬근 톱질에는 금은보화의 지기(志氣)가 서려
　내 기어 안타고 배겨, 상책이란 타고 보자 정신차려 당

겨라

　바람은 푸른 몸의 파도소리로 출렁이러니
　비비발괄 긴 사설(辭說) 이렇듯 험징(驗徵)한 불길함 뿐
이라
　'식혜 먹은 고양이 모양으로' 눙쳐 꽁무니에 간신히 목
숨을 달고 박을 타던 놀부는
　여럽의 아들같이 다 죽어가는 소리를 하는구나

　이 만단(萬端) 영락없이 맨 얼굴을 내보이면
　비바람 거세차다 신명날 일 이만할까.
　손끝에 이는 조화를 자네 다시 탓할 건가

　망신당한 얼굴 뒤엔 숯불 같은 가슴있어
　이어지는 목숨 하나만으로 꽃을 찾아 밀어를 채우면
　어느 새 썰물지는 소리, 떠오르는 형상이 손금 같아라

　형제 중에 어느 누가 유성이 되었을까만

기진한 채 입을 여는 혼령들의 어룽어룽한 가락을 귀기
울여 듣다가도
　북소리, 천둥이 되어 우짖네 활처럼 휘어지는 인간사(人
間事)의 끝없는 서경(敍景)이여, 서경이여.

제2부 산 하나의 노두봉

산 하나의 노두봉

1

땅을 지킨 산 하나가 기다림을 대물리고

가을날 능금덩이가 햇살 좋아 반짝여

껍딱지 굳어진 습성을 녹여보는 수작인가

2

모래처럼 널려있던 산그늘이 웃음 웃고

푼수 없이 흘려보낸 물길은 아득하여

하늘에 소문을 모아 노두봉이 컸다네.

서울의 표정 · 1

물달개비 싱싱함이

인간의 고집에 시들다

구만리 장천에는

요술 같은 미로뿐이야

산(山)만한 욕심을 지고

원죄에 눌린 창조주.

서울의 표정·2

1

부풀린 것 오므린 것 차라리 전무(全無)임

끝도 시작도 아닌 모순만을 세워둠

멀쩡한 동서고금이 산으로 배대는 시간임

2

새 울고 꽃 피고 불빛 흐릿한 굿판에

비껴가는 사람마다 풍상인 듯 웅크리니

슬픔의 수족관 넓이를 열반하듯 잠수함

3

성(城)을 쌓자 혈압 높은 네온이 켜지고

별자리에 키큰 빌딩이 키작은 빌딩을 생식(生食)하다

예정된 종말의 징후가 포충망에 걸려듦.

한 채 섬으로 크는 늪

뻘방죽에 굴러 떨어진
눈빛 밝은 별이 떴다
북소리 크게 들리니
괜히 가슴부터 뛴다
얼마나 커다란 슬픔이면
바다 같은 늪인가

빠져나간 고요는
더 이상은 늪이 아님
한 종지 가루가 돼야
바람 앞엔 뜨거운 늪
대륙도 늪 속에 들어
섬 한 채 크고 있음.

노을에게

번지는 것이지 타오르는 것인가

시야 밖에 떨어지는
고뇌의 율리시즈

얼마나
절박했으면
저리 진한 몸부림이야

잘게 저민 실핏줄이
운명처럼 스미더니
숨가쁘다 손톱 사이에
얼비친 눈물의 혀

운명은 감출 수 없는지
쪽배 한 척 가고 있네.

동백에 대한 생각

입맞춤 자리마다
아픈 멍울이 부풀어
이마 좁은 불을 켜는
영혼의 작은 전설
눈동자 따뜻한 자리가
하늘 귀를 열었네

얼어터진 계절을
악착하게 지나온 뒤
영혼은 스스로 붉어
형벌 이상의 정신인데
잊혀진 노래 한 소절
정녕 별을 띄웠지

다시 햇빛나면
수줍게 웃는 꽃
설한풍 옷자락에

숯불 같은 본능을 스쳐
제 꿈에 취한 형상이
잎새 뒤에 숨는가.

빈 산

흔들리는 바람을
더듬이에 묶어두고
눈떠보면 거기 휴식의 잠을 자네
콧털을 간지럽히지만
어림없는 침묵이다

제 뜻을 비운 뒤엔 눈부신 성숙이 넘쳐
또아리 튼 물뱀은 허물 몇 겹 벗었겠다
세월을 새기는 칼끝에 구름 같은 강이 간다

충만은 어깨에 지고
여백은 가슴에 담고
치렁한 실버들 허리가 귀가하는 시간인데
노을이 타는 산자락
잔설(殘雪) 몇 점 안고 있네.

별똥별을 위함

변방에 별이 뜨자 바람이 분다

우리네 진한 몽정은 저같이 치열한데

산맥의 몸부림 너머에 꽃처럼 지는 목숨!

애증의 성터에 불켜 든 적막

낙하는 가파르기에 전율처럼 아찔하고

이승에 떨어진 기억이 어둠보다 깊었다.

영산강

노을 안쪽의
목젖이 부었다

삼동(三冬)에도 안개는 풀려
타박없이 흐르는 강물
강물의 아픈 울음이
감청색으로 빛난다.

관매도[*]

가는 허리
수평선은
음흉한 폭풍 전야.

우리들
언 수족(手足)에다
터 잡은 산천들만

한 계절
운명을 이기며
저리
눈은 내리다.

광주(光州)

자유 곁에
그대의 방언

골골이
노래되어

이 나라
깊은 빈혈을

폭풍우로
뚫어서

천년을
깃발로 서도

횃불 같은 저 정신!

회문산 달그림자

1

시름 덮은 은회색의 저 밋밋한 산봉들

감돌아 소리를 죽인 골짜기의 개울물까지

더 이상 하늘의 침통은 입 열지 않았다

2

이 산축(山軸) 피안 천리는 애써 평안한데

초혼으로 타오르는 이승과 북망산천

헐벗은 바람소리만 제 슬픔처럼 울고 있다

3

예나 지금이나 피어오르는 저녁연기

산죽(山竹)에 달 그림자만 미륵처럼 현신할 뿐

불륜(不倫)의 묵시 하나가 문득 앞서 산을 넘다.

달맞이꽃

부리 노란 계절이 깃털 벗는 시간에

말문이 막힌 사랑을 황홀하게 열어두고

외롭던 등대의 넋이 햇귀 곱게 빛나더라

눈감아도 그리움은 밀물 위를 달려오고

그대의 낯선 영혼이 호젓하게 젖는 시간

바람도 고독을 아는지 등불잡아 달려오네.

제3부 먼 나라를 생각함

먼 나라를 생각함

거미줄
쳐진 모퉁이를
휘감듯 돌아
물길처럼 낮은 곳만을
줄따라 흘러서
운무낀 산자락 그쯤에
창문이 잠든 나라

아스라이 몸을 세워
무지개를 올려보면
햇빛에 봄눈 녹듯이
가뭇없는 신기룬데
신비의 채찍을 들어
절벽 위를 버릴까

얼마를
더 가야
그리움이 팔벌릴까

번지는 석양 어디쯤
홀로 가는 해그림자
날아서 닿을 수 없는 곳
꽃송이가 연신 웃네.

문행(門行)

이승은 기다림이며 끝없는 미련이야
완전한 패배를
허물 뒤에 숨기고
폭설이 키를 덮어야 더듬이를 세우지

경계를 늦추고 보니
삼라만상이 감각기관
가파른 본능에도 산숲 같은 강물이 가고
희망이 절망을 지나
문 하나를 열었다

달구어진 황혼이 숯불처럼 뜨겁고
흘러내린 계단 밑에
마주친 희생 하나
남몰래 꿈꾸던 수궁(水宮)이 문(門)의 귀를 깨운다.

여름 의자를 위하여

계절 따라 의자는
그 위치가 바뀐다
봄날엔 물주던 꽃밭에
겨울에는 토치카
길 찾아 떠난 가을이면
나무 밑이나 호숫가

의자가 형식이라 보수주의자 몫일 듯 하나
그런 상상은 금물이야 기다림만 꿈꾸지 마
확신의 그늘을 내리고 그쯤 의자를 놓게나

질투가 가득한 여름
의자만에 기대어
공포의 번개가 치고
장마비가 예보된다
의자는 억수로 많아도
한뎃잠에 놔두자.

집터에게

다져진 대로
복 많은 시간을 파자
병풍 같은 산을 치고
이따금 꿈을 꾸자
물 가듯
떠있는 구름도
제집 짓는 시늉이야

여기에 집을 앉히면
무엇부터 궁리하나
바람을 실어오랴
허리 긴 나무를 심으랴
밤마다
별이 뜬 하늘
빼지 말고 올려 보랴

물결 높은 세상에
저녁 뒷산이 저물고

날개를 펴고 날으는
솔개 같은 그리움 하나
깨끗한 눈동자 먼저
가슴 가득 희망이다.

노래 위에 노래

마침표
하나를
눈덩이처럼 굴린다
마디마디 맥을 짚어 보표처럼 심었더니
세상의
불감증이 나와
배시시 눈뜨더라

떠났던
사람들도 약속처럼 소식 주고
우렁이 속내 같은
세월 모를 강물 위에
앞발을
번쩍 쳐들고
나보란 듯 서 있네

노래는
생리가 없음에

무감하게
백색이다
하루를 가로질러도
낙타 한 마리 없는
하늘
노래가 남녀(男女)를 삼키자
밑둥부터 싹이 텄지.

섣달 그믐의 키

겨울은 낙원이다
키 낮추고 길을 간다
그래
눈내리는 시간은
그 모두가 난쟁인가
귓볼에 그리움 붙이고
종종치며 걷는 폼이

산그늘도 키가 낮아
오사하게 쌓이는 눈
침묵마저 바람소리에
한없이 얼었을 때
선명한 꿈을 찍듯이
발자국이 하나왔다.

종말 같은 섣달 그믐
때되어 겨우살이
지난달 꽃시계는

흔들릴 시간도 없는데
달려온
세월의 눈썹이
강바람만 키웠네.

도덕경 읽기

생식기의 막장에 동굴 하나 뚫었네
억만년의 세월에도 남녀는 하나의 법칙
저마다 움트는 가슴이 불도 되고 물도 되다

중용을 반죽하여
감각의 물을 대봐
화합하는 것들이라
저리 막강하더라
썰돛대 세운 바다가
수평선을 넘어오고

진정 화평한 자는 뱃속 편한 시간인데
하늘의 무서움에 본능을 씨뿌려도
천지는 금세 우거져 입맛대로 만난대.

히피, 그가 왔다

—한대수에게

천지에
잠든 추억이
깃털 몇 개 날리다
봄날처럼 화사한
깃털의 가벼운 비행
물질의
행복 사이로
별무리를 꿈꾸다

목소리와 꿈은
정신밖의 취향인데
무차별로 눈을 뜬
또 다른 열광 앞에
무지개
색판을 받아
무대 위에 오른다.

내 영혼의 비나리

이건 순전히
불혹 이후의 우수
지나간 세월너머
질그릇만한 기억이나
펼쳐든 지느라미가
고향 하늘을 날았네

유년은 부자유하고 부자유는 외롭다네
표찰 매단 영혼이 깃발되어 펄럭이면
하늘 땅 바다를 보면서 두 날개를 접었대

나는 많이 부족한가
비나리에 뜨는 태양
기억나는 것들만
속삭이는 고향산천에
잔등에 띄운 무지개가
일삼아 휘어졌네

비나리는 나를 키운 8할의 갈증
방황의 시간만이 차라리 안온함에
미련의 하늘만 넘보다 불붙겠네 눈썹이.

겨울의 표정

실패에 감았다가 풀어낸 계절

입가에는 하품탓인지 성에가 서리더니
불이 든 알전구 한 알
지독히도 밝았네

여린 것 같았던
풍경이 아픈 영혼
뗏목을 타고 와 지상에 정박하던 날
이성(理性)은 적멸이 되어 석상처럼 굳었어

이제는 쉬 돌아와
절벽 앞에 설 것이고
시련 너머 얼어붙은 침묵도 반짝임에
멀리서 기침소리 하나가
화살 되어 꽂히네.

나뭇잎엔 음계가 있다

시들거나 싱싱한 건
하나의 버릇임

팔랑거리는 표정은 신파조가 제격임
촉 트고 키 크는 식물이
잘게잘게 떨린다

잎새 뒤에 숨어서
흘리는 작은 음성
돋아난 새순을 따고 꼭지부터 비벼보면
별들의 낭떨어지 멀리
바람 한줌 살랑이다.

피아니스트에게

은화 같은 음계로 비가 내린다
유방의 무한천공이
간단없이 흔들린다
사람의 투명한 내장이 건반되어 울린다

정녕 모를 건
인간의 그 달뜬 영혼

속내를 알아야만
손놀림을 지켜보지
구름이 산짐승 뛰듯
눈썹 위를 뛰쳐 가고

바람이 물결쳐 오니
벗은 껍질이 간지럽네
다시금 소란해지는
인정지간의 미묘함
사막에 물이 뻗는지 귀를 여는 가슴이여!

그대 건반을 치면
반짝이는 별자리
숨어 살던 적막마저
한꺼번에 쏟아져
손톱에 불을 붙여서 구름에다 던졌다.

제4부 내 유년의 햇살

내 유년의 햇살

1
입은 옷 벗어드니
가뿐하다 이 지상

배경 없이 태어나서
씨앗처럼 여물던 세월

속눈썹 꼬리가 들려
군불 피듯 따뜻했어

2
반짝이는 나의 유년
쌀붕어 비늘이 되고

먼 길 끝에 바람은
강물 싣고 달려와

한바탕 귀울림 같은 세월만

쪽배처럼 떠간다.

고전(古典)의 기질

1
가출한 세상사람들
여기 죄 모였네

핏줄도 집안 내력도
삭정이만 뜯어냈나

실존의 벼랑이 높아
새끼사자로 오르네

2
키를 낮춘 사상에
살이 오른 강물

풍토가 구워지면
천년 사랑은 잠들고

만가지 완벽한 감동이

인기척을 삼키는가.

청춘기(靑春記)

벗겨본 속품과
자(尺)질 하는 지혜

깃발처럼 외롭기로
순명(順命)의 등대도 켠다
탄력은 고무공 같아도
정녕 낯가림이 심해

그대 욕망의 불꽃
절정을 달궈내고
동굴 속의 어둠이라야
별자리가 선명하다며

청춘이 물어가는 길
천지가 먼저 밝힌다.

수묵(水墨)의 강물

1
안뜰 깊이 쌓아둔
사연 많은 비밀

내려 삐친 획순 곁에
산 넘듯 가는 구름

불빛도 닿을 수 없는 곳에
저 물빛의 영혼이여

2
강물이 누워 흐르면
산천초목에 달이 뜨고

수묵에 번진 지상이
안개처럼 퍼져서

자존(自尊)이 당당한 그대만

꿈꾸듯이 젖었네.

사진을 보며

사는 일은 크게 보아
서로가 물드는 일

꿈 한자락 쓸쓸함이
산그늘을 품었을 때

오금이 저려오듯이
강물은 깊어지지

몸을 세운 이별이
텅빈 집의 문을 열고

잔설 몇 점 남은 가슴에
떠가는 구름 두엇

속엣말 마모된 하늘이
바지주름을 펴고 있네.

욕망 키우기 · 1

—섬

나를 허물기보다는
도망간다는 것

고단한 물결의 반복이
수평선을 고르는 시간

욕망은 질기고 길어
종말처럼 먼 광채

목적 삼은 얼굴이
열엿새 달로 뜨매

이명이 가득한 세상을
비눗방울로 흩어져

젊음이 허리운동하는
저들 파도는 영악해.

욕망 키우기 · 2
―석양

실댓잎에 목이 긴 간절한 석양

내색하지 않는 시간에
몸을 달군 꽃잎

첩첩산을 건너서
동지처럼 만난다

화해하고 물러난 뒤
우리네 운명도 생략하고

뇌도 내도 포만해진
고요가 몸을 뒤채니

잠깐씩 바쁜 바람만
철새떼를 날린다.

내 감각의 담수어떼

1
담수어떼 꼬리치는
내 감각의 하늘

침을 세운 평화가
고슴도치 형상인데
악보로 뜬 노둣돌 몇 개
바위섬을 키운대

2
산천초목의 나라가 바람처럼 불경을 외고
맹세코
이 지상은 희망만이 자유롭다

투명한 풍토병 아래서 지느러미가 길 가고.

그대, 갈망의 주름

―통일에게

1
등 굽은 세월 곁에
해묵은 절망 하나

옹이 박힌 혈육인가
애증마저 삭던 것을

갈망아 반쪽 가슴아
미친 속을 열어보랴

2
피댓줄에 감아 도는
아픈 응시의 세월이

정표(情表)처럼 짜갠 두쪽은
맞춰보니 만월이야

그대여 눈보라 넘어

청산되어 만나자.

이상주의자의 손끝

1
산당귀 뿌리 같은 그대의 따뜻한 손끝

동굴 멀리 마중 나온 소리 죽인 잔기침으로

그리움 밝은 색상이 예감밖에 춤추다

2
때로 영혼의 밑바닥은 턱없이 부족하나

천만리 귀를 세운 적막강산이 길을 물어

그대의 등푸른 바람만 하늘 끝을 떠돌지.

민달팽이의 고독

오죽잖은 동굴이면
맨몸 하나 못 숨기나

길을 가는 낙타가
사막 위에 떠있어도

지고 가는 빈집 한 채
짐짝처럼 부렸다

선인장도 아닌데
뿔을 세운 건 웬 본능?

등불이 방황을 밝힌
꼬리 긴 눈물이면

휴식을 어둠에 담아도
고독만은 남는다.

개펄 너머의 바람

1
열길 뻘밭이

관음보살이 되는 시간

내려온 구름무리가

참숯처럼 구워지고

바람은

그 개펄 너머에

해돋이를 달군다

2
눈물 위에 돌아가는

날개 넓은 바람개비

완벽한 재물인지

우듬지에 해 걸었다

금강경

외우던 바람이

개펄 되어 눕는다.

길

눈들어 보지 못한
시름은 끝이 없다

속타는 사연 앞에서
동지섣달은 길고 길다

그대의 고드름 같은 길
지금도 크고 있다

지난 세월의 아랫목은
고운 그림의 시간이기

수(繡)병풍 한 쪽에다
장지문을 달았더니

사랑도 길을 가는지
소리내어 흐르더라.

제5부 이영도

독백

독백은 성숙이다

눈뜨는 자의 눈부심

흩어진 구름들이

제 정처로 모여들 때

절정에 고이는 정신만

태양처럼 해맑다.

이영도

사랑도 인연도 아파 무지개로 걸어두고
눈여겨 풍우끝에 허심해진 천지간을
뻐꾸기 절절한 곡조로 날개쳐 날으시다

귀를 막고 들어 앉아도 불티되어 날리는 세상
정도 한도 황홀하다면 낙목(落木)인들 가벼우랴
당신이 오가던 꽃길만 이 계절도 피여이다

영혼만큼 선연한건 거역 못할 시간 탓이야
분별없이 목늘이기로 강기슭에 매둔 달
이리도 낭낭한 표정이 귀를 맑혀 흐릅니다.

이별의 말

말하지 말자

찬비맞은 자의 어깨

나서지 말기로 하자

저물 녘에 잠긴 들

사랑을 재봉한 시간에

잠 못 자고 오른 벼랑

침묵의 무늬를 찍던

흑장삼의 밤도 걷고

경험된 가슴 켜켜이

침통한 눈물의 왕모래

이별이 앞선 세상은

형벌보다 아파라.

이승의 집

날 저문 세상에
기다림이 지어둔 집

새알 같은 온기가
무관심을 녹이고

실꾸리
하나쯤의 이야기가
꿀벌처럼 모여든다

떠난 자 이마를 위해
불켜고 개문(開門)하기

5일장의 사람소리가
점호하는 목숨인 듯

일단(一單)의
무채색 전설만

달팽이로 섶오른다.

수평선

비탈 하나
세우면

안심될까 몰라

낮춘 몸
표나지 않아

약속처럼
하늘은 내리고

갈증난
바다의 자존심이
포만 위를 날은다.

초야(初夜)

협곡은 달 띄우고

수렁에는 물 고였다

팔자 좋은 산봉들은

병풍 속에 모여들고

초야(初夜)를 경험한 어둠이

어른처럼 기침하네.

사는 법

죄 짓고 벗는 일

그대 눈뜨고 바라보라

손 내밀어 닿을 수 없고

받아도 모자라는 가슴

무엇이 된다 하기에

이같이 깊어졌나.

장자(莊子)

1

가슴 대면 부풀던 그대 풀여치처럼 울다가

누에고치 실을 뽑아 세상천지를 감아내고

자연의 씨방을 열어 젖내음을 맡는다

2

장대를 높이 세워 낮은 하늘을 괴고 보니

깃털 같은 바람의 정신은 무릇 별빛이 되고

잘라낸 성대의 감각을 참숯처럼 굽는다.

인연

낮은 포복의 바람만

땅찔레처럼 순을 키워

환생의 깊은 두 눈에

겹쳐지는 물레소리

천만번 층층한 인연을

실타래에 감는다.

길동무

1
지느러미 너울대며

강물 같은 길을 간다

젖내리는 그 무엇에

우리 이렇게 편안하고

하느님 엄숙한 이름도 친구처럼 부른다

2
소멸한 것들이라야

불켜고 부활한다지

함께 매단 운명을

벌집처럼 드나들며

허공의 어둠 한켠이 얼음처럼 녹고 있네.

황진이의 춤

협심증에 등이 굽은 태산의 거대한 그늘

황진이의 체열이 그 그늘을 품었다

태산의 커단 지느러미가 혼불되어 춤췄다

시든 꽃이라 해도 상한 꿈은 사양함

얼비친 그리움에 천만리가 뜨거운 살

애증의 독한 가시가 상사화로 되피다.

해설 낯선 현실에 대한 결기와 온기

신 덕 룡

문학평론가 · 광주대 교수

1

시인이 숲 속의 오솔길을 걸어간다. 그의 눈에 비친 길가의 작은 꽃이며 발길에 채인 돌멩이 밑에 웅크리고 있는 작은 벌레들…… 모두 예사롭게 보이지 않는다. 길가에 핀 작은 꽃은 아무도 알아주는 이 없어도 스스로를 실현하는 은자의 모습이요, 발길에 채여 드러난 돌멩이 밑의 세상은 우주의 또 다른 품을 느끼게 해준다. 그리고 그가 걷고 있는 숲속의 나무와 산새들, 숲을 투과해 내리꽂히는 햇살은 모두 대화를 나눈다. 서로 다른 존재들 사이의 교감이다. 그 속에서 시인은 가슴을 활짝 열어 이 모임에 참여한다. 그리고 노래로써 자아와 세계 사이의 소통과정을 노래한다.

모든 서정시는 주체와 대상 사이의 교감을 통해 정서적

울림을 확대하고자 한다. 그래서 주체(시인)는 세계를 돌아다니며 자아와 세계 사이의 공통분모를 찾아낸다. 공통분모란 대상 속에서 발견하는 자아의 또 다른 모습이요 나아가 자아의 본질을 나타내는 것이기도 하다. 이런 의사소통을 정서적 융합이라고 할 수 있거니와 이를 위해 취하는 가장 전통적인 방법이 유사성을 통한 비유가 아닌가. 비유를 통해 자아와 세계와의 교감, 그리고 독자와의 정서적 교류를 원활하게 하는 것은 서정시의 오랜 관습이자 효율적인 표현 방식이 아닐 수 없다. 대상 속에 응숭 깊은 사연을 불어넣고 그것을 독자의 정서적 지평 위에 펼치는 행위가 은유를 통해 이루어지는 것이기 때문이다. 그러나 요즈음의 김종은 이런 낯익은 방식을 종종 거부한다. 그는 낯익은 방식을 거부함으로써 시의 모습을 낯설게 한다. 이것은 아마도 그의 시가 자연과 인간과의 교감이나 대상과 주체 사이의 상호동화를 통한 교감의 확대라는 전통적인 서정시의 전략을 비껴가고 있는 것이리라. 다시 말해서 그의 시는 은유를 거부하고 직정적인 세계를 거침없이 드러낸다. 그렇기에 그의 시는 비유라든가 묘사보다 직관에 의한 날카로움이나 날 것 그대로의 사물이나 관념을 거칠게 드러낸다.

벌죽이는 아가미와 혓바늘 돋친 은유

요약한 생애와

버려지는 바늘 한 토막

고비를 수직에 세우고 비탈을 적시는 비

젖어서 울고플 땐

동서남북이 가득하고

가슴앓이에 귀가 열린

바람 한 자락 담아왔다

부러진 은유의 파란만장을 눈물겹게 깁는다며

팔자 좋은 세월에

키를 늘인 갈대숲

가늘고 약한 허리가

필요 이상 꼿꼿하나니

뼛속에 막연한 그 무엇만 짙푸르게 깊었다.

—「부러진 은유」 전문

이 시에서 우리가 주목하는 바는 두 가지다. 하나는 비유의 방식이고 다른 하나는 시에서 보여주고 있는 바 그무엇이다. 우선 형식의 문제부터 살펴보자. 이 시는 전통적인 시조형식에서 크게 벗어나지 않고 있다. 1연과 3연, 6연과 9연이 시조의 형식을 그대로 따랐기에 약간의 변형을 가한 것임이 쉽게 드러난다. 동시에 내용의 발전도 3연, 6연, 9연을 각각의 독립된 시조의 종장으로 보면서 순차적으로 이해한다면 크게 무리가 뒤따르지 않는다.

그렇다면 무엇이 이 시조를 김종만의 고유한 것으로 만드는가? 그것은 관념이나 추상적인 내용을 그대로 시의 전면에 드러내는 발성법에서 온다. 예를 들어 "고비를 수직에 세우고 비탈을 적시는 비"라든가, "부러진 은유의 파란만장이 기다림을 깊는다며"와 같은 표현이 그것이다. '고비'란 한마디로 '막다른 시기'나 '가장 중요한 때'를 의미한다. 이 '고비'를 똑바로 곧추 세운다니 위기감이 감도는 상황이 아닐 수 없다. 구체적인 대상이 없지만 그 느낌은 생생하게 전해져 온다. "부러진 은유"라는 표현 역시 같은 의미를 파생시킨다. 은유 자체가 유사성을 기반으로 한 세계 해석이라면 그는 이것을 정면으로 거부하고 있는 셈이다. 그 결과는 뻔하다. 독자들이 낯설음의 세계 앞에 당황하는 일이다.

이렇듯 유사성을 거부하고 직설적으로 관념을 드러내는 데는 나름의 이유가 있다. 그가 바라보는 세계는 한치의 여유도 찾을 수 없이 각박한 것이기 때문이다. "요약한 생

114

애와/ 버려지는 바늘 한 토막"에서 보듯, 한 사람의 복잡다단했던 삶이 아무런 의미 없이 축약되고, 부러진 바늘토막처럼 가차없이 버려지는 세상이다. 그렇기에 슬픔조차 함께 나눌 대상이 없다. "젖어서 울고플 땐/ 동서남북이 가득하고"라고 했지만, 가득한 것은 없다. 있다면 동서남북 어디에도 삶의 의미와 가치가 배제된 세계만 있을 뿐이다. 이런 절망적인 위기감은 마지막에 와서야 가느다란 희망을 남겨 놓는다. 그 희망은 갈대의 허리에서 나온다.

그가 말하듯 "가늘고 약한 허리가/ 필요 이상 꼿꼿하나니// 뼛속에 막연한 그 무엇만 짙푸르게 깊었다"는 구절이 그것이다. 우리는 여기서 필요 이상 꼿꼿한 갈대의 허리와 버려지는 바늘 한 토막을 떠올린다. 그러나 꼿꼿한 갈대의 허리엔 쓰다 버리는 바늘과 달리 무엇이 있다. 생에 대한 의지다. 여기엔 '고비'를 수직에 세우는 맞섬의 자세와 결기가 배어 있다. 시인은 이를 구체화하지 않는다. 오히려 '막연한 그 무엇'으로 드러낸다. 그의 어법대로라면 은유(낯익음, 여유)가 없어진 자리는 삶이 함부로 휘둘리는 거친 세계만 있다. 따라서 삶의 갈피마다 숨겨진 슬픔이나 가슴앓이 따위가 의미 없이 배제된 세계에 당당히 맞서려는 맞섬의 자세가 더 생생하게 다가오는 것이다.

2

거칠고 삭막해진 세계에 맞서 자신을 세워 가는 그의

시는 삶의 의미를 찾아내는 데 있어서 잘 드러난다. 그는
세계와의 소통방식을 만들어가는 데 어설프게 타협하거나
굴복하지 않는다. 오히려 세상의 불합리에 대해 직설적으
로 비판하거나 자신을 단련시켜 정면으로 돌파할 자세를
갖춘다. 그러기 위해서 자신을 점점 더 극단으로 몰고 가
기도 한다. 여기엔 왜곡되고 닫힌 세계에 맞서는 정신의
힘과 이에 대한 믿음이 내포되어 있다. 이런 그의 자세는
이미 역사와 현실에 정면으로 맞서려는 올곧은 정신에서
배태한 것이기도 하다.

1

지체없이 달려온 인간사 그 어디쯤에
산처럼 지켜선 역사가 산맥 하나쯤 가꿀 만한데
우뚝한 방파제 허리만 뜨건 살을 허물었거니

2

예감마저 목이 말라 하늘 난간에 걸리고
비 내리는 산골짜기엔 악연(惡緣) 같던 개울물 소리
보기도 아스라한 불빛이 보살인 듯 다가올까

3

달맞이꽃 이파리마다 천년 꿈을 떨쳐보면
젖어 내린 가슴이 한점 슬픔에 싸이더라만

그적지 등돌린 청산이 우레 안고 누워있다

4

눈감아도 간곡하여 천만리 떠도는 구름
다가가 일으킨 절벽은 하늘 밖에 버려두고
지워도 돋아난 세월을 벌목(伐木)으로 배 띄운다

5

제 얼굴 들여다보듯 심지 하나 밝혀두고
얼 비치어 꽃술에 담긴 회군(回軍)하던 그 역사가
실타래 풀리듯 풀리듯 그 어디로 흘러왔나

6

이제는 선지피 더운 눈을 감고 바라보라
저녁 무렵 돋은 별빛이 군지기미로 내릴 때쯤
배중손 등 굽은 이야기가 미련처럼 타오른다.

—「배중손 생각」 전문

　　제3회 <민족시가대상> 수상작이었던 이 시는 역사적 현실에 맞서는 시인의 자세를 잘 보여준다. 물론 배중손을 통해 본 역사는 비극적 좌절의 역사다. 잘 알고 있듯, 배중손은 고려의 장수였다. 그러나 고려 왕조가 개경으로 환

도한 후, 항몽(抗蒙)세력의 근거인 삼별초군을 폐지하고자
했을 때, 그는 항복한 조정과 몽고에 반기를 들고 끝까지
저항했다. 진도를 배경으로 남해연안을 비롯하여 전라도
일대를 세력권에 둔 해상제국을 건설했지만, 조정군과 몽
고군의 연합세력에 의해 항몽군은 격파되고 그는 장렬하
게 전사했다.

　배중손의 저항정신과 비극적 최후는 역사에 대해 많은
생각을 하게 한다. 이런 생각은 역사적 현실로서의 현실에
비추어 진한 아쉬움으로 다가온다. 그 아쉬움은 파도의 이
미지를 빌어 구체화된다. '산처럼 지켜선 역사가 산맥 하
나쯤 가꿀 만'한데, 결국 '뜨건 살'을 허물고 말았다는 표
현이 그것이다. 그러나 이러한 비극적 역사에 대한 아쉬움
은 "그적지 등돌린 청산이 우레 안고 누워있다"고 하듯,
언젠가는 제대로 풀어야 할 현재의 과제라는 인식으로 나
아간다. 그 과제란 왜곡된 현실에 맞서는 "햇불 같은 저
정신"(「광주(光州)」)의 표출이다. 우레가 강한 비바람과 벼
락과 천둥소리를 내포하고 있듯, 좌절이 깊어갈수록 우리
의 꿈과 역사에 대한 믿음은 더 큰 힘으로 응결되어야 한
다는 믿음이다. 비록 배중손의 저항정신이 한갓 '등굽은
이야기'로 남는다 하더라도 왜곡된 역사를 바로잡으려는
정신이야말로 오늘날 우리가 숨쉬고 있는 이유라는 점에
서다. 이렇듯, 어떠한 역사의 질곡에서도 우레처럼 힘을
응결시킨 정신과 영혼이 건재하는 한, 현재의 삶은 결코

‘미련’을 남기지 않을 것이다. 이를 통해 우리는 역사의 관찰자에서 역사의 참여자로 변신하는 시적 자아의 결기를 보게 되는 것이다.

김종의 시에서 삶의 관찰자가 아닌 참여자로서 그 스스로 삶의 중심에서 살아가는 모습을 보는 것은 당연한 일이다. 그렇다고 해서 그의 시가 모두 결기에 차 있는 것은 아니다. 그의 시의 중심은 항시 ‘현재’ 속에 존재한다. 다시 말해서 역사의 ‘꿈’은 현실에서 지켜내야 할 순수한 ‘영혼’으로 전치되는 것이다. 그는 구체적인 삶의 모습을 통해 진정한 삶의 의미를 탐색해 간다. 이런 점에서 세속의 온갖 욕망과 시련을 딛고 우뚝 선 영혼이야말로 고독하게 세계를 밝히는 ‘등불’(「민달팽이의 고독」)과 같은 것이다. 등불이 우리의 내부에 건재하는 한, 우리의 삶 역시 강파르거나 어둡지만은 않다. 그의 개인적인 삶의 기록을 잠깐 들여다보자.

사는 일은 크게 보아
서로가 물드는 일

꿈 한자락 쓸쓸함이
산그늘을 품었을 때

오금이 저려오듯이

강물은 깊어지지

몸을 세운 이별이
텅빈 집의 문을 열고

잔설 몇 점 남은 가슴에
떠가는 구름 두엇

속엣말 마모된 하늘이
바지주름을 펴고 있네.

—「사진을 보며」 전문

시인은 사진을 보고 있다. 아마도 옛일이 생각나는 추억의 사진이리라. 그 사진을 보며 그는 옛날의 순순함이나 그리움조차 잃고 사는 자신을 바라보고 있다. 그러면서 쓸쓸히 '사는 일'이란 살아가면서 세속에 '물드는 일'이라고 독백하고 있다. 과연 그러한가? 그의 내면은 오히려 옛날, 세파에 물들기 이전의 자아를 향하고 있다. 그의 '꿈 한자락'이 쓸쓸함을 품을 때, 그는 아직도 "목젖이 넘어질 듯이" 절박하고 애처로움에 막막해 있다. 스스로 세속에 물들었다고 하면서도 결코 물들어서는 안 된다는 모순된 내면의 모습을 보여주고 있는 것이다.

그리움과 외로움이 강물처럼 깊어질 때, 그는 눈을 들

어 먼 하늘을 바라본다. 먼 하늘을 바라보며 아픔을 치유
한다. 보다 원만해지고 성숙된 자아의 내면 속에 아픔을
간직한다. 그것은 자아의 객관화를 통해서 이루어진다. 그
의 쓸쓸함과 간절함은 '잔설 몇 점' 가슴에 남기고 '떠나
가는 구름'으로 환치되고, 구름마저 떠나간 '속엣말 마모
된 하늘'이 펼쳐지면서 이별의 아픔마저도 자연스런 삶의
과정으로 받아들이는 것이다. 그 스스로 "무엇이 된다 하
기에// 이같이 깊어졌나"(「사는 법」)라고 하듯, 삶에 대한
깊이 있는 성찰에서 우러나온 담담함이 하늘이 "바지주름
을 펴고 있네"라는 구절을 더욱 빛나게 한다.

3

　그의 시가 지닌 또 다른 특징은 사물 자체의 본성을 이
해하고 그 의미를 확대해 가는 데서도 잘 나타난다. 이것
은 시인의 통찰력과 관계되는데, 통찰력이란 다름 아닌 삶
의 본질을 꿰뚫는 지혜다. 삶의 지혜란 주체와 대상 사이
의 끊임없는 대화나 대상의 본성을 그대로 바라보고자 하
는 노력에서 우러나온다. 대화를 통해 자아의 본성을 드러
내고 그에 맞는 눈을 기르면서 대상에 대한 이해의 폭을
넓히는 것이다. 이를 바탕으로 그는 하나의 대상을 삶에
대한 깊이 있는 명상의 재료로 만들어간다. 다음의 시를
보자.

부리 노란 계절이 깃털 벗는 시간에

말문이 막힌 사랑을 황홀하게 열어두고

외롭던 등대의 넋이 햇귀 곱게 빛나더라

눈감아도 그리움은 밀물 위를 달려오고

그대의 낯선 영혼이 호젓하게 젖는 시간

바람도 고독을 아는지 등불잡아 달려오네.
—「달맞이꽃」 전문

　들녘에 나가보면 여기저기 키를 멀쑥하게 세우고 서 있는 달맞이꽃을 볼 수 있다. 잎겨드랑이 사이마다 크고 노란 꽃을 달고 있는데, 이 꽃은 저녁에 피었다가 다음날 아침에 시든다. 마치 하루종일 달을 맞으려 기다렸다가 한밤 중 환하게 자신을 드러내는 꽃이다. 그러나 이 시에서 이런 달맞이꽃의 구체적 형상을 찾을 수는 없다. 있다면, 가을의 문턱에서 느끼는 쓸쓸함의 정조일 뿐이다. '부리 노란 계절' '말문 막힌 사랑' '외롭던 등대의 넋' '그리움' '낯선 영혼' 등등의 시어들이 뿜어내는 쓸쓸함이 그것이다. 그러나 가만히 보면 시인은 달맞이꽃의 속성을 빌어 사랑의 진면목을 노래하고 있다.

우선 이 시는 1~3행에서 드러난 떠남과 4~6행에서 드러난 만남을 기본 골조로 하고 있다. 그 어긋남의 중간에 그리움이 끼어 있다. 이 시의 전반부에 해당하는 부분에서의 이별은 이미 "말문 막힌 사랑"에서 비롯되고 있다. 서로가 서로에게 의사소통할 수 없는 사은 이미 결별을 전제로 한다. 그러나 이런 사랑의 모습은 삶의 과정 속에 수없이 있어온 것이다. 그렇기에 시인은 "진부하게"란 표현을 하고 있다. 중요한 것은 이별 자체가 아니라 이별 후의 마음가짐이다. 교감이 불가능했던 사랑이라 하더라도 그 사랑의 가치마저 훼손된 것은 아니기 때문이다. 그 가치의 중요성을 "그대의 낯선 영혼이 호젓하게" 지키고 있는 한, 그리움은 눈앞의 현실로 나타난다. 진실한 사랑을 향한 그리움과 기다림이 있기에 늦은 밤 "등불처럼 켜고 있"는 달맞이꽃을 바람이 살랑살랑 흔들어 주는 것이다. 이제 그 사랑은 쓸쓸하지 않다. 마치 님이 오는 앞길을 환하게 밝혀주는 등불과 같은 존재가 된다. 마치 "천만번 층층한 인연이 비단조개"로 커가듯 사랑의 진정한 의미는 이를 소중하게 간직하는 것이 아니겠는가.

이렇듯 사물의 내면으로 직접 들어가 그 의미를 확장해서 보여주는 그의 작업은 자연에 대한 풍경을 마주하고 있을 때에도 마찬가지다. 그에게 있어 풍경은 아름답다거나 스산하다거나 하는 시적 소재가 아니다. 오히려 풍경

속에서 우주와 그 속에 사는 존재들의 존재의미를 읽어낸
다.

가는 허리
수평선은
음흉한 폭풍 전야

우리들
언 수족(手足)에다
터 잡은 산천들만

한 계절
운명을 이기며
저리
눈은 내리다.

―「관매도」 전문

이 시를 읽노라면, 바다 한가운데서 눈보라를 맞으며
앞이 보이지 않는 앞길에 대해 갖는 두려움이 떠오른다.
얼마나 하염없이 눈이 내리고 있었으면, "지독한/ 수평선"
이라 했을 것이며, 앞길에 대한 두려움은 마치 '폭풍 전야'
의 고요함으로 나타냈을까? 여기에 어떤 움직임도 없다.
다만 깊어 가는 고요가 불안하게 주위를 감싸고 있을 뿐

이다. 그렇기에 이 시에서는 바다 한가운데 떠 있는 작은 섬, 관매도의 아름다움은 찾을 수 없다. 오히려 막막함이 앞선다. 시인이 바다 한가운데서 한치의 앞도 볼 수 없는 눈보라를 맞고 있기 때문이다.

그는 이런 풍경을 '지독한'이란 수식어로서 나타낸다. 여기서 눈을 맞고 있는 시인과 자연은 하나의 인격을 부여받는다. 우리들이 되는 것이다. 시인은 우리들 "언 수족(手足)에다/ 터 잡은 산천들만" 눈보라를 맞으며 추위를 견디고 있다고 말하고 있다. 추위를 견디는 형상을 "운명"을 이기는 것으로 보고 있다. 그러나 더 큰 의미는 그 배후에 깔려 있다. 눈보라 속에서 막막함을 느끼는 것이나 추위를 견디는 것이나 모두 당연한 일이다. 우주의 변화 속에서 그 변화를 몸으로 겪고 있을 뿐이다. "저리/ 눈은 내리다"라고 하듯, 그저 눈은 내릴 뿐이다. 이런 겨울의 눈보라 속에서 견딘다는 것 그것 자체로 존재의미가 있다. 그래서 시인은 담담하다.

4

지금까지 우리는 김종의 내면세계를 탐색해 왔다. 그의 내면에 '우레'처럼 버티고 있는 것은 한마디로 부정의 정신이다. 그의 부정은 닫힌 세계를 여는 힘이기도 하고, 사물에 대한 관습화한 인식을 벗겨내는 일이기도 하고, 기존의 시문법을 거부한 실험정신이기도 하다. 이런 부정의 정신은 어느 한 순간을 지배하는 것이 아니라 그의 내부에 끊임없이 용솟음치는 창조력의 바탕이었다. 그리고 이것이 그의 시조가 현대적 감각을 유지하는 열쇠로 작용한다.

자존심을 튀겨보니 단백질과 칼슘뿐
영양상태가 고른 차세대의 입맛을 찾아
정력이 넘치는 시조란 다음 세대에도 기대난(難)?
―「시조에게 고함·1」 부분

오늘날은 '메치니 코프'나 '김삿갓'과 같이 사람 이름도 상표가 되는 시대다. 이런 시대는 과거의 생각이나 관습이 모두 부정되는 시대이기도 하다. 늘 새로운 것을 향해 달려가고 있으니 말이다. 모든 가치가 내재적인 것이 아닌, 대상화된 오늘날의 삶은 물신이 지배하는 세계다. 그는 이런 삶을 정면에서 맞서고 있다. 이런 맞섬은 단순한 맞섬이 아니라 '자존심'을 유지하면서도 현실에 유연하게 적응하려는 노력이다. 삶의 변화와 함께 시조 역시 같은 운명에 처해 있다. 시적 화자 역시 "영양상태가 고른 차세대의 입맛을 찾아" 스스로 변해야 함을 알고 있다. 이런 변신이 전제되어야 시조가 현재적 삶 속에 존재할 수 있다고 믿기 때문이다.

그의 이런 생각은 시조의 형식을 전통적인 판소리 가락에 적용시켜 왔던 것이나, 현재의 삶을 담아내려는 노력을

통해서 잘 나타난다. 이를 통해 시조가 더 이상 과거의 것
이 아니라 오늘날 우리와 함께 호흡하는 것임을 증명한다.

① 첫잠을 자고 나면 우쭐대는 꿈을 꿨기
　　천길 만길 깊은 골에 쌍무지개 걸리는 상서로운 조짐을
내 어이 마다한고, 색깔도 소리도 없이 갈라지는 이내 운명
의 불협화한 쪼각 쪼각의 곤두박질이여, 부제(不悌)한 안개
속을 기웃거릴 새도 없이 '술 잘먹고, 욕 잘하고, 애태우고,
싸움 잘하고, 초상난데 춤추기, 불난데 부채질하기, 해산한
데 개잡기, 장에 가면 억매(抑買) 흥정, 우는 아이 똥먹이기,
무죄한 놈 뺨치기와 빚값에 계집 빼앗기……'
　　뒤틀린 심사를 짐지지 못하여 부지정처(不知定處) 흐르는
구름아

—「박타령」 부분

② 1
　　한강 낙동강 금강 섬진강 영산강 수계(水系) 주변
　　이름하여 굴참·갈참·자작·고로쇠 나무 등
　　물저장 능력이 뛰어난 나무가 대대적으로 심어진다?

2
　　산림청의 기발한 발상이 삼천리에 퍼져서
　　숲을 통해 깨끗한 물이 공급될 수 있다니

뛰어난 수종개량 덕에 물 전쟁은 끝났대

(…중략…)
5
지나온 과거를 들어 틀린 속을 말하자면
아흔아홉 지옥 같은 이 나라의 식수 사정이
기왕에 버텨온 세월보다 요순시대라 이건가.

—「물저장 나무소식」 부분

①의 시는 그가 일찍이 전통적인 시조의 틀에 판소리를 접목시켰던 작품이다. 과거의 시조 형식이 단아한 단시조에서 사설시조에 이르기까지 삶의 내용을 담는 그릇이었던 데 반해, 김종은 형식의 틀을 개조하고 있다. 같은 가락을 지닌 판소리를 시조라는 틀 속에 접목시킴으로써 그 내용과 형식에서 새로움을 얻고 있는 것이다.

②의 경우, 「서울의 표정·1, 2」에서 보여지듯 오늘날 시조가 담아내야 할 시대정신을 보여준다. 대부분의 시조가 음풍농월이나 시인의 내면에 대한 자기 고백적 태도를 지니고 있었음을 부인할 수 없다. 그러나 어떠한 형식의 시이든, 시대의 변화와 함께 그 시대를 호흡할 수 있어야 독자에게 다가갈 수 있다는 것은 상식에 속하는 일이다. 이렇게 볼 때, 이 시는 자연에 대한 인간중심적인 세계관과 태도가 지닌 위험성을 경고하고 있다. 환경위기와 관련

해 오늘날 우리 삶을 지배하는 세계관에 대한 근본적인 비판이다. 시조가 우리 삶의 가장 핵심적인 문제를 정면으로 다룰 수 있을 때, 그것이 현대적 감각을 획득하는 길임을 시인이 너무도 잘 알고 있다는 증거인 셈이다.

지금까지 살펴본 김종의 시조는 이 시집에 담겨 있는 시편들의 극히 일부분에 속한다.

그러나 분명히 알 수 있는 것은 그의 시는 독특한 개성을 지니고 우리 앞에 다가온다는 사실이다. 그것은 몇 가지로 요약된다. 그 첫째로, 최근의 시편으로 보아 시적 대상을 외부의 소재가 아닌 자신의 내면에서 끌어내고 있다는 점이다. 그렇기에 그의 시에는 추상어와 관념어가 수없이 등장한다. 가령 "희망이 가부좌한 덕에/ 시의 처소만 멀다"(「희망의 결가부좌」), "저러다 혁명을 앞질러 미어질 가슴인가"(「밀물의 이름」)와 같은 표현이 그것이다. 이와 같은 표현은 그 자체로는 매우 낯설다. 그러나 그의 시속에 하나의 부분이 아닌 전체와의 유기적 관련 속에 녹아들어가 있기에 시적 깊이를 더해 가는 요소로 작용하고 있다. 둘째로, 그의 시를 지배하고 있는 것은 부정의 정신이란 점이다. 부정의 정신은 결기와 함께 주체적 적응이라는 유연함으로 나타난다. 우선, 맞섬의 자세는 역사와 현실에 대한 관심에서 촉발하는데, 이 태도는 역사나 현실에 대한 통찰과 함께 시적 깊이를 담보하는 요소다. 아울러 그의 시는 형식에 있어서 현대적 감각을 획득하기 위해 다양한 실험과 비판과 풍자의 형태로 삶의 문제를 제시하는 노력을 보여주고 있다. 특히 비판이나 풍자를 보여주는 시편에서 나타난 직설적인 표현은 그의 성격적인 일면과도 상통한다. 자신이 옳다고 여기는 것을 위해 타협이나 우회를 택하기보다 그것을 방해하는 것들에 정면으로 맞서고 그 속에서 가치를 실현해 가는 강직함이 그것이다.

중요한 것은, 부정의 정신을 바탕에 깔고 바라보는 그의 시선이 닿는 곳곳마다 우리가 무심히 지나쳤던 것들이 새롭게 다가온다는 사실이다. 나아가 우리 삶을 근본부터 되돌아보게 한다. 앞서 언급했듯, 그 힘은 대상을 보는 시인의 통찰력과 비틀리고 왜곡된 세상에 당당하게 맞서는 자세에서 우러나온다. 또한 이런 요소가 시조라는 시형이나 그 내용이 지닌 고정성이나 협애성을 뛰어넘게 한다. 여기엔 그의 시적 이력과 삶에 대한 진지하고도 깊이 있는 해석과 온기가 뒷받침되어 있음은 물론이다.

김종 연보

1948년 4월 20일(음력) 새벽 3~4시경(축시)에 전남(全南) 나주군
(羅州郡) 남평면(南平面) 우산리(雨山里) 957번지에서 광
산(光山) 김씨(金氏) 문숙공파(文肅公派) 26대손이신 재
만(在萬) 공(公)과 파평윤씨(坡平尹氏) 임숙(壬淑) 사이에
서 사남일녀 중 장남으로 출생. 부친에게서 5세에 2천자
문을 익히고 이후 동몽선습, 학어집, 사자소학, 사략, 추
구 등을 배웠음. 한문 암기력이 뛰어났음.

1953년 5세의 나이로 남평동초등학교에 입학했으나 질병으로 1
학년을 채우지 못함.

1959년 국군장병 위문편지 보내기에서 담임선생님께 편지글이
좋다고 특별히 칭찬 받음. 붓글씨를 잘 썼고 국사과목에
취미가 있었음.

1961년 5·16 군사 구데타가 있었고 이때 혁명 공약 외우기가
싫어 학교를 결석하기도 했음. 학교에서 글쓰기와 그리
기에 재능을 인정받음. 특히 그리기는 당시 미술과 김장
현 선생님께서 크게 칭찬하셨으며 미술부에서 활동하도
록 권유받음.

1962년 정소파 선생님으로부터 시 쓰기를 배웠으며, 이 해 1년
동안 400~500권 정도의 책을 읽었음.

1962~4년 이 기간 동안 여성잡지 『여원』『여상』『로맨스』『아

리랑』등에 작품이 실리면서 유명 시인을 꿈꾸었음.

1964년 광주살레시오고에 재학하면서 당시 국어과 문도채 선생님께 시창작의 재능을 인정받음. 학내 문학써클인『가로수』에서 작가 이상문 형을 만남. 이듬해인 65년까지 각 대학 문학콩클, 백일장 대회에서 35개의 장원, 당선을 함. 광주시내 고교생 문학 써클인 <석류>에서 김준태, 송기원, 김지원, 고(故) 김성빈, 송명호, 임양숙, 김태영 등을 만났고 <가로수> <석류> 등에서 회장 일을 맡았음.

1965년 8월에는『문학시대』에서「바다·1」로 추천 받음. 이때 문학에 대한 열병을 심각히도 앓았으며 학생들간에 학생회장 출마 권유가 있었으나 사양했고 경향각지의 신춘문예에 응모하여 최종심에도 오름. 특히 단국대에서 실시한 시조만의 문학콩클에서 작품「파도」로 당선했고 시조와 인연을 맺음. 단국대에 입학특전이 주어졌으나 진학하지 않음.

1966년 안중근 의사 추모시 모집에 일반부로 응모하여 당선. 이때 제2광주학생운동이라 평가된 광주 학생정화운동을 주도함.

1971년 제8회『월간문학』신인상 입상과『시조문학』에 추천됨.『월간문학』심사위원이었던 이영도 선생님의 따뜻한 체취를 크게 흠모함.

1972년 5월 경희대 주최 '전국 대학생 모의 대통령 연두교서 대회'에서 특상수상으로 우승기를 받아옴. 10월초에 주위 학생들의 권유와 추천으로 조선대학교 총학생회장에 출마하여 당선되었고 직후 박정희 정권의 10월 유신으로 광주에 머물지 못하고 고향으로 피신 가기도 했음. 이 해 12월에 아내 정경희를 만남.

1973년　학생회 활동으로 매우 분주한 세월이었음.

1974년　대학졸업과 동시에 조선대학교 문리과 대학 국어 국문학과 조교로 채용됨. 한국 살레시오중·고등학교 총동창회 사무총장과 제7회 동창회장 등의 일을 함. <벗들의 큰 모임>을 발기하고 4회까지 치름.

1976년　중앙일보 신춘문예에서 시 「장미원」이 당선됨. 대학원(문학석사)을 마침. 논제 「시조의 시문학적 연구」.

1977년　조선대학교 문리대 국어국문학과 전임강사 발령. 『문리대학보』『조대학보』등 지도 교수. 정경희와 결혼. 첫시집 『장미원』 출판.

1979년　『시조문학』에 장편서사시조 「밑불」을 연재함. 장남 석영 출생. 석가탄일 0시에 태어났다 하여 이름을 '석영(釋永)'이라 함. 조선대학교 문리대 조교수 승진.

1980년　'서울의 봄'에서 시작된 신군부의 대환란으로 5·18 광주 민주화운동이 일어남. <목요시> 결성과 창립 멤버.

1981년　장녀 선부 출생. 2년여에 걸쳐 연재한 「밑불」을 끝냄. 11월 시인사에서 장편서사시조시집 『밑불』을 출판.

1982년　목요시 동인의 작품집 『목요시 선집』(실천문학사) 발간.

1983년　『정말로 우리가 살아있다는 것은』(세종출판사) 발간.

1984년　『식민지 시대의 시인연구』에 서준섭·최동호·김준오·김영무·이기서·이명재·마광수 등과 함께 필자로 참여함. 경희대학교 박사과정에 입학하고 황순원·서정범 선생님께 배움. 이 자리에서 김용성·조태일·신덕룡·

신찬균·이향아·이복숙·박해준·백승철·김준·이복
규 교수 등과 만남. 부교수 승진.

1985년 번역서『한밤의 아이들』동서문화사(에이브 88중 제45권)
발간. 조선대학교 대학원 박사과정에서 문예사조 연구,
현대 작가 연구 등을 강의함. 교육부에서 실시한 제1회
학술논문 자유공모에서「1925년의 문학사적 자장현상」
이 채택되어 학문적 객관성을 인정받음.

1989~90년 경희대학교에서 문학박사 학위 취득, 논제「한국 현
대문학사의 전환기적 특성연구」. 일본 교또(京都)에 있는
동지사대학에 객원 연구원(외국인 교수)으로 유학함. 당
시 동지사 대학원 박사과정에 적을 둔 김현석 교수(광주
대)의 배려가 컸음. 오은 시조문학회(허일, 김두원, 경철,
전원범, 김종)에서 5인 시조집『이 걸음으로 어디까지나』
를 발간함. 연구 논저『우리시와 종교사상』(공저 ; 김향
문화재단)을 발간.

1991년 일본에서 1년 간의 유학을 마치고 귀국함. 광주교대, 경
희대, 호남대 대학원 등에서 강의함. 오은 시조문학회의
이름으로『겨레시조』발간을 결의하고 편집위원이 됨.
『현산 문화상』문학부문 본상 수상.

1992년 경희대, 서울여대 대학원, 호남대 대학원, 광주교대 등에
서 강의함.『겨레시조』창간호 나옴. 이후 2년 간 계속됨.
『수필과 비평』이 창간되고 수석 편집위원이 됨. 한국 시
조시인협회 이사가 됨.

1993년 시집『더 먼곳의 그리움』『방황보다 먼곳의 세월』발간.
광주광역시 문인협회 시분과위원장이 됨. 광주예총 이사,

『예술광주』의 초대 편집주간, 편집인이 됨. 이후 1999년까지 7년 간 15호까지 발간함. 경희대 등에서 계속 강의. 제3회 『민족시가 대상』 수상. 한국수필가협회 하계세미나에서 「수필문학의 장르적 범주」로 주제발표.

1994년 제2회 『백제 문학상』과 『광주 문학상』 등 수상. 광주문학사 시문학 부문 집필. 연구논저 『전환기의 한국 현대문학사』와 시집 『배중손 생각』, 역사기행기 『삼별초, 그 황홀한 왕국을 찾아서』(상·하) 등을 발간.

1995년 시집 『춘향이가 늙어서 월매 되느니』로 제10회 표현문학상 수상. 제2회 광주예술문화상 수상.

1996년 어머님 운명하심. 광주광역시 문인협회장 무투표 당선. 광주 서구청 발전위원 및 편집위원. 광주광역시 예총 수석부회장이 됨. 서울여대 대학원 박사과정에서 한국현대작가연구 등을 강의. 중앙일보 『─찾아서』시리즈 저작권 설정과 허균편의 집필에 들어감. 광주, 전남, 북, 제주도 지역 방송위원이 되었고 3년 동안 광주 다중집회장소에 명시게시판을 7군데에 설치함. 고(故) 고정희 시인의 시비를 광주문예회관 중앙광장에 세우고 이후 정소파, 고(故) 김만옥, 고(故) 정덕채 시인의 시비를 세움.

1997년 동신대학교 겸임 교수. 『광주문학대표작전집』을 전 5권 총 2700면 분량으로 발행함. 『문예연구』 시 부문 심사위원 및 문예연구 동우회 지도교수. 광주문화예술특구 추진위원회 상임부회장 KBC 광주방송 시청자위원. 한국시조시인협회 이사. 제2회 광주비엔날레 기획위원, 2002 월드컵 광주유치 추진위원.

1998년 광주광역시 제2건국추진위원, 그림 그리기 위해 붓을 잡
        음.
1999년 광주광역시 문인협회장에 만장일치로 재선됨. 살레시안
        전 창립전에 「무지개의 문」 「할머니」 등 2점을 출품. 「토
        요일에 만나는 사람들」 누드드로잉회에 참가하고 전시
        회에 작품 3점을 출품. 금강산을 기행함
2000년 계간 종합문예지 『광주문학』 발행인이 됨. 『부산광역시
        문인협회』와 자매결연하고 작품의 공동 게재, 공동 행사
        개최 등을 약정함. 백두산을 포함한 심양, 북경 등의 중
        국기행을 KBC 광주방송의 주선으로 다녀옴. 살레시안
        제2회전에 「금강산 상팔담」 「금강산 암벽」 등 2점 출품.
        광주 인재갤러리와 서울 인사갤러리에서 첫 번째 김종
        작품전을 가짐.

이상범, 「김종의 「밑불」이 던지는 의미」, 『시조문학』, 1980. 여름.

박영교, 「70년대 시조의 다양성」, 『현대시학』 1980. 12.

서 벌, 「아이텐티티의 문학」, 『밑불』, 시인사, 1981. 10

전원범, 「회귀적 순수지향으로의 변모」, 『이 걸음으로 어디까지
　　　　나』, 시간과공간사, 1990.

김태현, 「사회적 관심과 개성」, 『그리움의 비평』, 민음사, 1991. 8.

전원범·경철·허일, 『현산문화』(현산문화상 문학본상 심사기),
　　　　1991. 겨울.

경 철, 「인간적 아름다움과 문학적 아름다움－김종의 문학」, 『겨
　　　　레시조』 제2권 4호, 1993. 겨울·1994. 봄 통합호.

오승희, 「밝음과 따뜻함의 시정신」, 『한국현대시인연구』, 동백문
　　　　화, 1994. 3.

송수권, 「우주적인 명상과 따뜻한 사랑의 언어」, 『시와 비평』,
　　　　1994. 6.

신덕룡, 「절망, 감싸안기」, 『시와 비평』, 1994. 6.

원형갑·강남주·임종찬·주강식·김상훈, 「제3회 민족시가 대상
　　　　수상자 선정의 변」, 『부산시조』 제6호, 1994.

정해송, 「역사의식과 시대정신이 교직한 한의 세계」, 『배중손 생
　　　　각』, 토방, 1994.

장영우, 「해방 50년의 현대시조, 전개와 변화양상」, 『시와 시학』

통권 제19호, 1995. 가을호.

경 철·이태극·정소파, 「제13회 소파문학상 심사기」, 『시조문
예』, 1999. 11.